-中のギタネコ>

音楽の町のレとミとラ

岩田道夫 文と絵

未知谷
Publisher Michitani

プレリュード

どこかへ行くつもりだったのが、どこへ行くのだったか　ついうっかり忘れてしまったので、ぼくは言葉をさがしに森へ出かけました。

するとと森にはもう笊を持った詩人たちがたくさん来ていて、言葉はもうあらかたなくなっておりました。

ぼくは中でもとりわけごっそりと言葉の入った笊にそっと手を伸ばして　ひとつ失敬しようとしました。

すると　とたんに「こいつ奴！」と　ぼくはあっけなくお尻をポンとけられて森から転がり出てしまいました。モーツァルトもこうしてけとばされた事があったっけ　と　ぼくはいくぶん気をとりなおし　起き上がってみると　手にはちゃんと言葉がひとつにぎられていました。

それは〝あてもなし〟という言葉でした。

どうせなら〝雲〟とか　〝魚《ポワッソン》〟とかいう言葉の方が　よかったような気もしたけれどなにもないよりはよいと思って　大切にちりかみに三重に包んで帽子に入れたのでした。

家に帰ろうとしたら雨がふり出しました。でもぼくはそのまま帽子をかぶって歩きました。木陰のベンチにこしかけて　しばらくすると雨がやみました。帽子を取ってのぞいてみると〝あてもなし〟は少ししめっているようでした。そこで　日あたりのよい地面の上に〝あてもなし〟をきちんと広げて　乾かしておきました。

うとうと　眠くなって　ぼくは夢をみました。

ぼくは　やはり夢の中でも　同じベンチにこしかけて　うとうとしていました。

すると一匹のジャッカルがやってきて　〝あてもなし〟を食べはじめたのです。

ぼくはやめさせようと思いましたが、あんまり眠たかったので　そのまま　うとうとと見ていました。

やがてジャッカルは〝あてもなし〟を食べてしまいました。

とたんに　ぼくは眠けがなくなってしまい　急いで立ち上がると　ジャッカルを追いはらいました。

ところがよくみると地面には〝あてもなし〟がちゃんと残っているのでした。ぼくはまたベンチにこしをおろしました。するとぼくは夢からさめました。それでもぼくはまだベンチの上でうとうとしていました。

やがて一台の馬車がやってきて　ぼくの前にひとりの貴婦人を降ろしました。「まあ　ここにありましたわ」とその貴婦人は言って　ぼくが乾かしておいた〝あてもなし〟をひろい上げると丁寧にハンドバッグにしまいました。ぼくは「それはぼくのです！」と言おうと思ったのですが　あんまり眠たかったので　ただ　うとうと　と見ていました。

やがて馬車は行ってしまい、あたりにだれもいなくなると　ぼくはやっと眠くなくなりました。ほんとうになくなったのだろうかと思って　ぼくは地面の上をさがしました。

するとやっぱり〝あてもなし〟はなくなっていました。

樹は石になりそこねて雲になり，雲は樹になりそこねて石になり，石は雲になりそこねて樹になり，

目次

レ　小学生
ミ　レの同級生
ラ　レの姉
ファ　レとラの叔父
ル　青い小鳥

音楽の町のレとミとラ

海
は
閉じることのできない書物

雲
は
決してとがめられない失敗

九月の虹　ミ&レ

九月の初めには降ったりやんだりの雨の日がつづきました。レは表玄関の門のところでミを待っていました。

雨は降っていませんでしたが　うすい雲が空一面にかかっていました。やがて角をまがってこちらに向かって来るミの姿をみつけてレは駆け出しました。

「あれ、長ぐつはいてるんだね、ミ」

「そうよ。雨が降るって天気予報で言ってたから。レはかさ持ってかないの？」

「何にも持たないほうが好きなんだ」

「ふふ　だれでもそうだわ」

「ほんとに降るなら降らないうちに早く行こう。でもほんとはゆっくりぶらぶら行く方がいいんだけど……」

「どうして?」

「ファおじさんはね、日曜日はいつもお昼まで寝てるからさ」

「ふうん　ファおじさんってひと　ひどいお寝坊ね」

「うん、でもそのかわり　明け方の四時に起きて散歩するんだよ。そして日が高く昇りはじめると　またふとんに入るの」

「あら　それじゃ　お寝坊さんじゃないのね。でも　また眠るんなら　そういうひと何ていうのかしら……」

「ファおじさんは〝シュシュ鳥と同じ生活してるのさ〟って言ってる」

「なあに〝シュシュ鳥〟って」

「ブラジルかどっかの川にすむ鳥なんだって。その鳥は朝早く起きて川の魚を食べたら昼ちかくまでまた眠るんだって」

「ほんとにいるの？　そんな鳥」

「僕のもってる図鑑には出てないし、もっと大きな図書館にあるような図鑑にものってないらしいよ。だってファおじさんがはじめてみつけたんだもの」

「ほんと？　ファおじさんってひと　ブラジルへまで行ったの？」

シュシュ…?

「うん、僕の生まれる前だけれど、ほんとにブラジルだったかどうか僕もはっきり知らない。でもどっかそのあたりでファおじさんは　シュシュ鳥をみつけたんだ」

「ふうん　なぜシュシュ鳥っていうの？」

「啼く声がそんなふうな、電気のはぜるような音に聞こえるんだってさ。でもよくよく聞いてるとなんだかとっても複雑なんだって。それでファおじさんは何か月もその鳥といっしょにいて　くわしく聞きとろうとしたんだけれど　とうとうわかんなかったんだよ」

「ぜんぜん？」

「ぜんぜん」

「まあ、何か月もいっしょにいて？　〝シュシュ〟ってだけなの？」

Dr. ドリトル

「うん、でもそのかわり　他の鳥の声がとてもわかりやすくなったって言ってたよ。ファおじさんは鳥と話せるらしいんだよ」

「あら、ドリトル先生みたいね」

「でも鳥とだけなんだ。それも鳥の声なんかぜんぜん使わないんだ。ただふつうに人間の言葉でしゃべるの。そしたら鳥も人間に合わせてしゃべってくれるって」

「ほんとかしら。ほんとなら私たちも話せるんだわ」

「だめだよ。聞き方がわかんないもの。シュシュ鳥で練習しなくちゃ」

「そうなの。でも　シュシュ鳥ってブラジルにしかいないの？」

「さあ……それはファおじさんに聞かなくちゃ。それにブラジルだったか　パラグアイだったか……」

「あら、雨だわ……」

「ほんとだ。やっぱりかさ持ってくるんだった」

「私のかさがあるから大丈夫よ」

「うん、でもすごく降ってきたよ。いつのまにこんなに雲が厚くなっちゃったんだろ。

さっきはレースのカーテンみたいな雲だったのに」

「わあ　どしゃぶりだわ。前もみえない。レ　どっかの店にでも入りましょう。ほら、
あそこへみんな入って行くわ」

「うん、走って行こう……」

あたりは夕暮れのようにくらくなりました。

そして通りには　人かげもなくなりました。

ミとレが入ったのは大きなレストランです。

あちこちにしょく台があってろうそくの光がぼんやりと人々の顔を照らしています。

さっそくボーイがやってきて　ミとレは　あっという間に　りっぱな椅子にこしかけていました。

「ね、ミ、お金持ってるの？」

「少しはね」

「でも　このメニューに書いてあるの　とっても高いよ」

「見せて……ふうん、ほんとね。このメニューこのページしかないのかしら……うらには何も書いてないのかしら……レはお金持ってる？」

「少しはね」

「いちばん下に書いてあるの　注文できるくらい？」

「ぜんぜん。半分以下だよ」

「まあ　レをあてにして　私テーブルについちゃったのに」

「僕のほうこそ　ミをあてにしてすわったんだよ。あ、またボーイさんがやってくる
……どうせ追い出されるんだから　今のうちに出ちゃおうよ」

「ちょっとまって……あのひと蝶ネクタイなんかしてるけど、ボーイさんじゃないわよ。鳥打帽なんかかぶってるわ」

「ほんとだ。でもこっちへ来るよ……」

その鳥打帽をかぶったひとは　ひょろ長い青年で、少し猫背に、なんだかふわふわ踊っているような歩き方でした。

そして、レとミのテーブルに来ると、一冊のスケッチブックを差し出して言いました。

「絵を買っていただけませんか？」

「……でも僕たち　お金少ししかないもの。いちばん下のメニューだって注文できないんだもの」

「その少しのお金が　この絵の値段です。どう？」

「でも……」

「ね、レ、見るだけみましょうよ」

「おじょうさん、あなたはなかなか　やさしいですね」

「あの、でもまだ買うとは決めてませんわ」

「その上　なかなかしっかりしてますな」

そう言って青年はレの肩をポンとたたいたので　レは　おかしいような　恥ずかしいような　妙な気持になりました。

ミは　そのスケッチブックをていねいに一枚一枚みて言いました。

「おどろいたわ。何も描いてない！」

「その通りですよ。これから描くのです」

「まあ、何を描くつもり？」

「お望みのものを」

「言ったら描いてくれるの？」

「そうです。ただし　言ったからには　その絵を買うということですよ」

「あら、見てからじゃないとわからないわ」

「見てから買わないいんじゃおもしろくないでしょう。これは賭けみたいなもんですよ」

「もし描けなかったら　どうするの？」

「そんなことは　決してありませんよ」

「おもしろいや　じゃ　僕買うよ！」

「まあ、レったら！」

「おじょうさんは　どうです？」

「私はいやよ。そんな賭けなんて」

「じゃ　坊ちゃん　お金を積んで下さい……さて、何にしますか？」

「うーん、何にしようかな……描けそうにないものって……そうだ、シュシュ鳥を描いてよ！」

そこで　レとミは　顔を見合わせてクスッと笑いました。青年もクスクス笑って言いました。

「なあんだ。そんなありふれたものなら昨日描いたばかりだよ。ほら」

そう言って青年は　スケッチブックの最後のページを切り取って　レに渡しました。

「あら、それ　さっきは白紙だったのに……」

「おじょうさん　見落としたんですよ」

「そうかしら……ちゃんと見たのに……」

「ねえ、この絵のどこにシュシュ鳥がいるの？　ジャングルのしげみの中にもいないし、空にも飛んでいないよ」

「見せて、レ……ふうん、すごいジャングルね。でも……ほんと……鳥なんか一羽もいないわ」

「見えないだけですよ、おじょうさん」

「見落としたのかな、僕」

「そうじゃなくて　もともと眼には見えないんですよ。坊ちゃん」

「だって　それじゃシュシュ鳥描けないいんじゃないの？」

「この絵にはちゃんとシュシュ鳥がいるんです。ただ僕らには見えないだけさ」

「ほんのかすかにも見えないの？」

「そうだなあ。ときどきしっぽの先ぐらいがやっと見えるかな。でもすぐ消えてしまう」

「じゃ　しっぽの先だけでも描いてみて」

「坊ちゃん、残念ですが　あなたの賭けはもう終りです」

「じゃ　私が賭けるわ」

「おや　おじょうさんは　前言を翻《ひるがえ》すわけですね」

「ええ　どうしても　シュシュ鳥が見たいわ。しっぽの先でも」

「よろしいです。ではお金を積んで下さい」

「ええ……賭けるのなんてはじめてだわ」

「もうこれっきりにしたほうがいいですよ。おじょうさん、賭けなんて」

「まあ、自分で言い出しといて……でもやってみるとおもしろいわ」

「あれ、ミったら！」

「ふふ……それじゃ　シュシュ鳥のしっぽを描いて下さい」

「それがもう　けさ　描いたばっかりなんですよ。もうすっかり乾いたかな……」

そう言って青年はスケッチブックの最後のページを切りとって　ミの前にふせて置きました。

「あら　また描いてあったの？　おかしいわ……さっきは確かに何も描いてなかったのに……」

「見落としたんですよ、おじょうさん。では　お金はもらって行きますよ。おっと　まだ見ちゃだめです。僕がいなくなってからにして下さい。そのほうがおもしろいでしょ

う？　それではお二方《ふたかた》　どうもありがとう」

そう言って青年は　うす暗いろうそくの光に照らされた人々の間へみえなくなりました。

「いっちゃったよ……見てみよう」

「ええ……あらあら、これ、レの絵とおんなじじゃない？」

「ほんとだ。並べてみよう……ふうん、同じだねえ、葉っぱの一枚一枚まで、そっくり
……」

「だまされちゃったわね」

「そうだね。でも賭けたんだから　しかたないや」

「そうね」

すると　そのときボーイがやって来て　トーストとフルーツサラダと熱いココアを二人分持ってきました。

「あの……ボーイさん、私たち　何も頼んでいないのよ」

「ハンチングをかぶった青年の方が　お二人《ふたり》へさし上げるようにと」

「でも僕たち　お金が……」

「もう青年の方からいただいておりますから」

そう言ってボーイはさがりました。

「ふうん、じゃあのひと結局　損しちゃったじゃないか」

「そうね、最初から賭けるつもりなんてなかったのかしら」

「あのひと　ほんとに　シュシュ鳥のこと知ってたのかな」

「わからないわ……しっぽ描けなかったから自分が敗けたってことかしら」

「……あれ……ここみてよ、ミの絵はやっぱり僕のとちがうよ。空に、ほら、かすかな虹がたくさんかかってる」

「あらほんと……これがシュシュ鳥のしっぽ？」

「こんなにたくさん虹のかかった空なんて見たことある？」

「ブラジルに行ったら見られるの？」

そんなことを話しながらミとレは少し早い昼食を食べました。雨は午後もだいぶ過ぎた頃になってやっと止みました。

そして空にはいくつかの雲をのこして日の光におおわれました。

「虹よ！」

「どこ？」

「ほら……あそこ……」

「丘をのぼろうよ。きっとよく見えるよ」

そこでミとレは近くの小さな丘の道をのぼってゆきました。やがて屋根の間から消えかかった虹がみえました。

「半分になっちゃったね」

「だんだん消えてゆくわ……」

「……そろそろファおじさんのとこへ行こうか。もうきっと起きてるよ」

*

その丘の中腹にファおじさんのアパートがありました。窓は南東に向いていて　とてもみはらしのよい場所でした。

「ファおじさん！　起きてた？　ミを連れてきたよ」

「やあ、おはよう　ミ」

「はじめまして……でも、もう午後だわ……あの……」

「〝ファおじさん〟でも何とでも呼んでかまわんよ。起きたときが私の朝なんだ、ミ」

「あの、ファおじさんはほんとに鳥と話せるんですか？」

「〝話せる〟と言ったら信じますか、信じませんか？」

「さあ……それは……」

「鳥は鳥の言葉で、私は人間の言葉で話しているとき　ミには　私がほんとうに鳥と話しているのかどうかわかりますか？」

「さあ……」

「私は　ほんとうに鳥と話せるんでしょうか？　ミ」

「困っちゃうわ……そんな……」

「実は私も　そういうふうに尋かれると困ってしまうのですよ。何と答えてよいやら」

「でも、ちゃんと答えて下さったわ」

「そうですか、ありがとう、ミ」

「ねえ、ファおじさん、これ何だかわかる?」

そう言ってレは手に持っていた絵をみせました。

「ほうっ　こりゃ　シュシュ鳥じゃないか!」

「わかるの?　ファおじさん。じゃ私のも見てください」

そしてミも自分の絵をみせました。

「やっ　しっぽじゃないか!」

「どうしてわかるのかしら……」

「どうしてでしょうか?　ミ」

「わからないわ」

「これは誰が描いたんだい?」

「知らない人なんだ。その人と賭けをして……」

「ちがうわ　買ったのよ」

「僕たち勝ったんだっけ?」

「ちがうわ。ただ　買っただけ」

「勝ったの?」

「買ったのよ」

「そう、そしてココア飲んだの」

「そうか……さっぱりわからんな。どんな人だい？」

「ひらたい帽子をかぶってて、蝶ネクタイして……」

「あれはよく見たら蝶ネクタイじゃなかったわ。シャツの上のボタンがはずれてたから
リボンで結んであったのよ」

「そんなふうに見えなかったけど……はじめはボーイさんかと思った」

「きれいに結んであったからよ。でもケーキにつかうリボンだったわ」

「そうか………さっぱりわからんな。ケーキ職人かい」

「さあ……そうかも知れない。それとも　パン屋さんかな」

「あのひと　きっとシュシュ鳥に何度も会ってるんだわ。ファおじさん、シュシュ鳥は
ブラジルにしかいないの？」

「ブラジル？　さあて……私がシュシュ鳥をみつけたのはボリビアだが……」

「あ、ボリビアだったのか……ボリビアってどこ？」

「ブラジルのとなりさ」

「ボリビアにしかいないの？」

「さあて、わからないよそれは、そら、その鉢のうしろにいるかもしれん」

「ほんと？」

「わからないよ、だからその絵を大切にもっててごらん。いつか大きくなって　どこかでシュシュ鳥に出会っても確かめられるように」

＊

その夜　少し暑いのでファが窓を開けているとルがやって来ました。

「何か　変わったことでもあったかい？　ル」

「町のいちばん大きなレストランで今日三つの忘れものがあったわ」

「どんなものかね？」

「ハンチングとスケッチブックと安もののリボンよ。たった今　その忘れものは持ち主に返されたわ」

「ほう、いったい誰だね」

「ハンチングは散歩に出かけて迷い子になった先生、スケッチブックはスケッチに行って眠り込んだ男の子、安もののリボンは誕生日に安もののの人形をおくられてむくれた女の子。でも三人ともこのレストランには来たことがないんだって」

「ふうん……ところでミとレは無事に帰ったかい？」

「ええ、ずいぶんより道しながらね。わざわざ林の中に入って　何か一所けんめいさがしていたわ。何かしらね」

「きっときみの仲間をだよ、ル」

波

レ&ミ

浜辺にはみたこともない海藻や貝殻がたくさんちらばっていました。

海は重たい金属のようでした。

「きのうの雷は街の真上を通ったんだね」

とレは言いました。

「まるで花火みたいだったわね」

とミが言いました。

「ふうん　ずうっと見ていたの?」

「眠れなかったから　レは見なかった?」

「うん」

「山のてっぺんだったら　とってもすごかったでしょうね」

「すごいって　きれいってこと?」

「そう」

「うん　でも……」

「ほら　レ　これは石かしら　それとも貝殻?」

「……石みたい　でも穴があいてる」

「すりへってしまった貝かしら?」

「重いから　きっと石だよ」

「石にも穴があくの?」

「きっと　他の小さな石が　長い時間をかけてゆっくりとあけてゆくんだよ」

「ふうん……海にも雷は落ちるのかしら」

「……うん　もし落ちたら　魚たちはどうなるのかな……」

「……きのうの雲はもう海へ出てしまったの?」

「きっと　そうだよ」

「あそこに見えるのがきのうの雲のしっぽかしら」

「……もう水平線のうしろに入ってしまうね……」

「もし海の中にいたら　今が嵐だってこと　わかるかしら」

「ずうっと深いと　わからないと思うな」

「じゃ　そこにいる魚は何にもこわくないのね」

「ミも　きのうはこわかった?」

「うん　どうして?」

「ぼくも……」

とレが何か言おうとしたら　波がさあっと上がってきて　レの靴をすっかりぬらしてしまいました。

朝の出来事

ラ&レ

今朝《けさ》　レは　ラのいちばん大切にしていた茶わんをうっかりこわしてしまいました。
取っ手の部分を　ポキリと折ってしまったのです。

「……でも全部割れなくてよかったよね。全部割れたら　飲めないもの」

「いいえ、これはもう　こわれ物になっちゃったわ」

「いい接着剤もってるよ　僕」

「そんなもの使ってみても〝こわれた茶わん〟に変わりはないわ」

「じゃ　最初から　そんな形だったと思ってみたら？」

「それもそうね……」

「これ　どこで買ったの？　僕　同じのあるかどうか　さがして来るよ」

「ファおじさんからもらったのよ。外国のよ、これ。行ける？」

「ファおじさんからだったの……ごめんね、ラ」

「〝どうせこわれるものだけど〟ってファおじさん自身が言ってたわ」

「でも……どうにか直せないかなあ」

「いいのよ。だんだん　これはこれでいいような気がしてきた。きっとレがこわすのを知ってて　ファおじさんは〝どうせこわれるものだけど〟って言ったんだわ」

「ほんと？」

「ふふ……そうだ。ファおじさん　これをくれるとき　おもしろいこと言ってたわ。〝茶わんの中に何が見える？〟」

「……ただ白いだけだよ。ラは何か見えたの？」

「そのときは　やっぱり何も見えなかったの。でもはじめて　これにお湯を入れて　飲もうとしたら　おいしそうなケーキが見えたのよ」

「ほんと？」

「それで　おもしろいから　いそいでみんなに知らせようとして口を放したら消えてしまったわ」

「ケーキしか見えなかった？」

「そのときはね。別のときは　くだものになったり　ビスケットになったりしたわ。それで　これはきっと食べたいなあと想《おも》ったものが映ることがわかったの」

「でも　映っても　出てこないんでしょう?」

「そうなの。見えるとよけい食べたくなっちゃうのよ。でも　ときどき食べ物でないものが映りはじめたの。帽子とか　靴とかね。そのとき欲しいと想ったものが何でもぱっぱっと見えるのよ。こういうのはあんまり他人《ひと》に見られない方がいいわね」

「このごろでも帽子や靴なんか映ったりしたの?」

「いいえ、だんだん何も映らなくなっちゃった。ときどき空とか小さな雲とか　ぼんやりと見えるだけ」

「雲や空がラの欲しいものなの?」

「いいえ……さあ、ちがうと思うけれど……そう、きのうはとてもおもしろいものを見たわ。やっぱり空なんだけれど　うすい虹が雲の間にいくつもかかっているの」

「虹が?……いくつも?……それラの欲しいものなの?」

「さあ……ちがうでしょ。だってやっぱり服とか帽子とか　欲しいものはたくさんあるし　おいしいものだって食べたいもの」

「じゃ　なぜ　そんなもの映ったりしたんだろ」

「……どうしてかしらね」

「まだ　いまでも見えるかな。こわしちゃったけれど……」

「このコーヒー入れて　ためしてみましょうか。私はもう何も映らないと思うけれど……やっぱり映らないわ」

「ぼくにもやらせてよ」

「でもレはコーヒー　苦手《にがて》じゃないの」

「かまわないよ。ただ飲むふりさえすれば……だめだ、何も映らないや」

「飲むふりじゃだめよ。ちゃんと飲まなきゃ」

「飲むの？」

「うん」

「……あ、映った！」

「ほんと?!　……何が見えた？」

「お菓子が映ると思ったら　これとおんなじ茶わんが映ったよ。それもこわれる前のだよ」

「じゃ　レはこの茶わんが欲しいのね?」

「ちがうよ。茶わんがほんとに出てきたら　ラに返してあげるよ」

「もし　こわれたのでよかったら　これ　レにあげてもいいわ」

「でも　まだちゃんと映るんだよ、ラ」

「私には　あれ以上のものは映らないと思うわ。だからレにあげる。レならきっとおもしろいものが　いろいろ見られるわ」

「ほんとにもらっていいの?」

「でもいつかは雲や虹ばかりになるかも知れない……」

「どうして　そうなるの？」

「わからないわ……ファおじさんなら　わかってるかも知れない」

「そうだね」

＊

「……それで　ラは　私ならわかると言ったのかい？　ル」

「そうよ、ファァ」

「でも、ラは　ほんとうは知《わか》っているんだよ……」

月

レ&ラ

十一月のある夜でした。

あんまり明るいので　レは　眼が覚めてしまいました。時計をみると　まだ　午前三時です。

それなのに窓がずいぶん明るいのでした。

レはカーテンを開けてみました。

すると白い満月が　ほとんど天の真上にかかっているのでした。

〝こんなに大きなお月様ははじめてだ〟と思って　レはそっと外へ出てみました。

六

それはまったくクジラのおなかみたいに大きな月でした。そしてなんとなくいびつなのでした。レが感心して見上げていると　遠くの方で〝エイッ〟と叫ぶ者がありました。なんだろうと思っていると　ひゅるひゅるるっ　と音がして　何か月に近づいて行きました。
それから何の音もなく　月はなくなってしまいました。
あたりはまっくらになりました。
ちょうどそのとき　また遠くの方で〝ワーッ〟という大ぜいの歓声があがりました。
そしてそれきり　いくら待っても何も聞こえませんでした。月もなくなったままでした。

「……どうしたの、レ?　何か着ないと寒いわよ」

いつのまにか　ラが外に出ていました。

ラはレの肩にガウンをのせました。すると　はじめてレは自分の身体がずいぶん冷えているのに気づきました。

「ラも起きちゃったの」

「ほら　こんなにふるえてる。早く家に入らないと……」

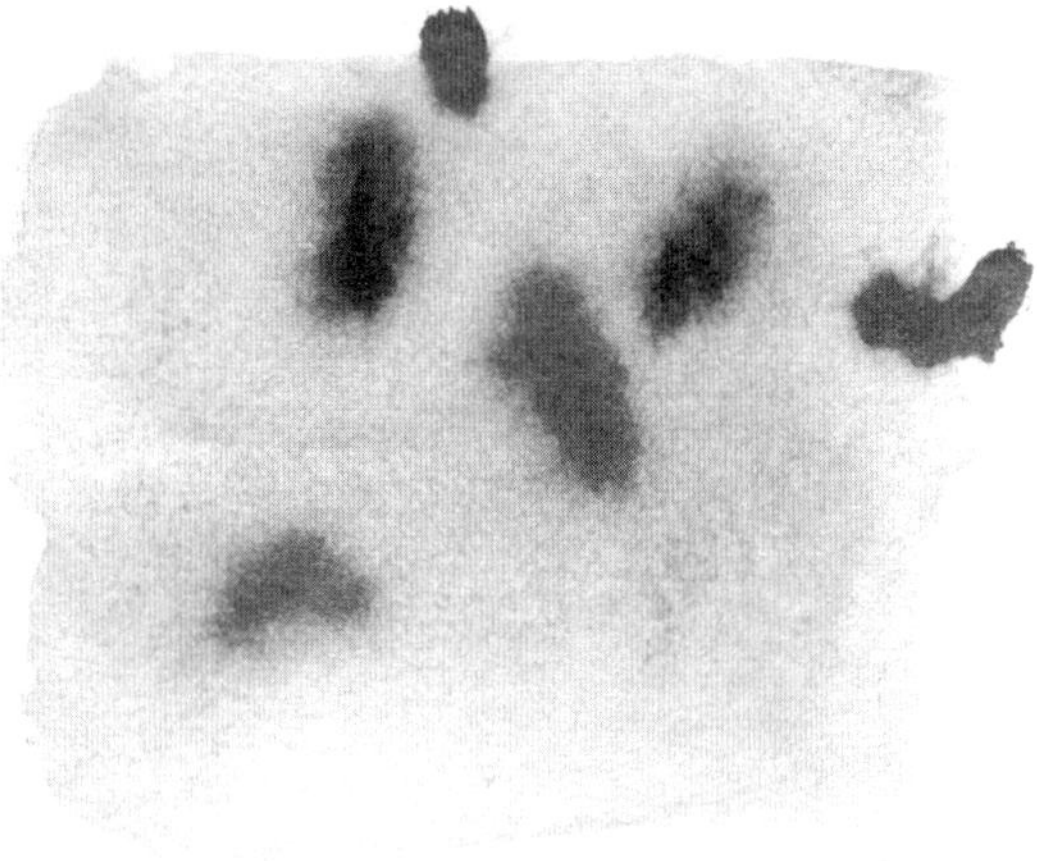

そのとき　ラはひたいに何か冷たいものを感じました。
レも　気付いて空を見上げました。
かすかに雪が降っているのでした。ラもレも戸口のところでちょっと立ちどまりました。
雪はみな　地面に着くと消えてしまいます。
「積もるかな」
レが言いました。
ラは　ほんのりと明るくなった東の空をみました。
それが今年の初雪でした。

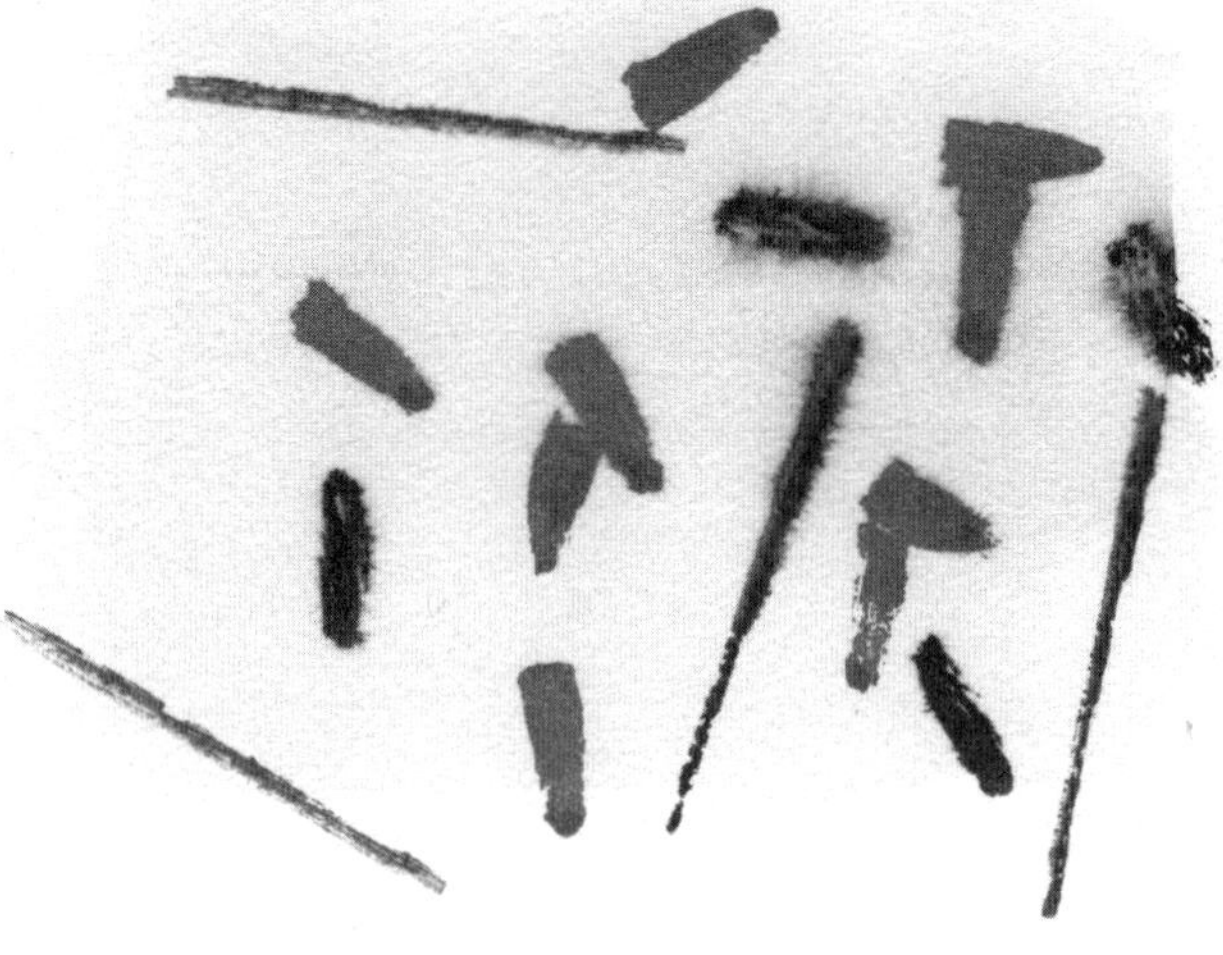

秋の家　ミ

夏のおわりのある日のことでした。

ミはカノンの丘のふもとで小さな雲をみつけました。雲は花の背たけほどのところに浮かんでいました。

ミは　どんな感じかしらと思って触ってみました。すると　パチパチ音がしたかと思うと雲は急に紫色に変わってゆくのです。

驚いて手をひっこめると　雲は黒こげになって地面に落ちました。

ミのひとさし指もすこしやけどしました。

黒こげの雲をひろってみると　かりんとうみたいにかちかちになっていました。

そして　ほんのりと甘く焦げたにおいがしました。

ミはちょっとかじってみました。

するとそれは口にふれるかふれないかのうちに蒸気に変わってしまいました。

もったいない　と思っていると　又　小さな雲がしげみの間から次々とでてくるのです。

木枝の間からもぞろぞろ出てきます。

見上げると　雲は一列になって　丘の頂からやって来るのでした。

ミはその雲をたどって丘をのぼって行きました。

すると頂にはみたことのない　小さな赤いレンガの家があって窓がひとつだけ開いているのでした。そして　その窓からふわりふわりと雲が煙のように出ているのでした。

もしや火事じゃないかしら　と思ってミは戸をたたいてみました。何の返事もありません。そっとひっぱってみると戸にはかぎもかかっていません。

家の中に入ってみると　そこには　ストーブがたったひとつ　あるきりでした。

部屋もたったひとつです。そのかわりたくさん窓がありました。

ストーブはごうごうと音をたててもえていました。そしてときどきえんとつのすきまから　ひとかたまりの煙がでては窓から外へ流れてゆくのでした。

きっとえんとつがつまってるのね　と　ミは思いましたが　どうすることもできません。

とにかく窓を開けた方がよいので　先づ　青いカーテンのついている窓を開けました。

すると　とたんにストーブの火が消えて空の雲がみんななくなってしまいました。

今度は赤いカーテンのついた窓を開けてみました。するとと花がしぼんで実がなり　葉がみんな赤や黄色に変わってゆきました。

ねずみ色のカーテンのついた窓を開けると　又ストーブが　ごうごうとうなりだして空はすっかり雲でおおわれてしまいました。

紫色のカーテンのついた窓を開けるとストーブはいよいよいきおいよくもえだして　外は雷雨になってしまいました。

ミはあわてて　その窓を閉めようとしました。でもいったん開けた窓は　いくら力を入れてももう閉まろうとしません。

ミはいちばんさいごに　のこっていた窓を開けました。それには白いカーテンがついていました。

すると雷雨がやみ　ストーブもしずかになりました。そして外はすっかり霧におおわれているのでした。ミはなんだか恐くなって　丘を一気に駆け降りました。

ふもとで　ほっと　一息つくと　霧はみるみるうちに晴れてしまいました。

でも丘の頂には家はありませんでした。

そこにはいつものように五本のポプラが　きちんと並んでいるだけでした。

ミはやけどした指さきをさわってみました。

ところがちっとも痛くないのです。やけどしたと思ったのは　何かの色がくっついていただけでした。それは何だか甘ずっぱい香りのするものでした。

野ぶどうだわ……

ふと気づくと　あたりは野ぶどうの実がいっぱいなっていました。

光の種子　ミ

学校から帰る途中の川沿いの道に並んでいるのは　みんな雨降りのような木ばかりでそれらが風にゆられて　地面の上の影が水面のようにゆらぎました。急に日が陰ったのでミは空を見上げました。

すると　地上には　やわらかい風が吹いているのに空の中の雲は　みんな強い風にちぎれて　南の方へ流れていました。

ミのセーターに　風に飛ばされたわたくずのようなものがくっつきました。つまみ上げてみると　それは　白い毛につつまれた種でした。

何の種かしら　と思って手のひらにのせてみると　とつぜんその種が　ぽっと　燃えあがりました。

ミはあわてて手をふりはらいました。けれども火のついた種は手のひらにくっついたまま取れません。そのかわりちっとも熱くない火でした。

別にやけどするみたいでもないらしい　と思ってミは安心しました。

そしてゆっくりと手を握りしめました。

そうすれば　火は消えるだろうと思ったのです。でもその火は消えませんでした。

夜になっても種子の火は消えませんでした。水をかけても　ごしごし洗っても　消えません。

ベッドに入って手を出してみると　部屋の中が　その火で黄色く照らされました。

まあいいわ　別に困ることでもないから　とミは思いました。

……それとも　とても便利なことかも知れないとも思えてきました。

夜中になってミは目が覚めました。

すると部屋中がまぶしく輝いていました。

種の火が燃え移ったのかしら……

手をみると　手も光っていました。もう片方の手も光っていました。ミの身体全体が光っているのでした。

ミは窓を開けて　片手を外へ出してみました。

すると　その光で　あたりの木々や地面がぼんやり照らされました。

ミは外へ出てみました。
ミの立っているまわりだけが　まるい円を描いて明るくなりました。
ふうん　と思って　ミはそのへんを歩いてみました。
すると　夜になって閉じてしまった花たちが　ミが近づくと開きはじめるのでした。
それがおもしろくて　ミはずんずん歩いて行きました。
しばらく歩いて　ミは　家の方向が心配になって　歩いた道をふりかえってみました。
すると　ミの歩いた跡が一本の白い光の帯になっていました。
かがんで　よく見ると地面の上にびっしりと小さなこけのような花が咲いて光を出しているのでした。
そしてそれが　どの花もみんな違った色をしていました。
きっと七色の光が集まって　あんなに白く見えるのだわ　とミは学校で教わったことを思い出しました。
ミはうしろ向きで歩いてみました。
すると足もとから　光がずんずん伸びてゆくのでした。
……これならどうしたって迷いっこないわね　とミは思いました。
木立の間から　遠くに街のイリュミネーションが見えました。

いまだれか　この山を見ていないかしら　とミは思いました。

……もしレが起きてて窓の外を見たら　この光が見えるかしら……

この光を見て何て思うかしら……

ふとミはあたりの草がざわざわいうのに気付きました。

何かたくさん光の帯に近づいて来るのでした。じっと見つめていると　光に照らされて最初に鹿の姿が見えました。

それから　きつね　熊　たぬき　いのしし　や森の鳥たちも　ぞろぞろ光の帯に近づいて来ました。

森の動物たちは川の水でも飲むみたいに頭を下げて　光の花を食べはじめました。

ミは思わず
「しっ　だめよっ！」

と大声で言いました。

いっせいに動物たちが逃げました。

それと同時に光の帯も　ミの身体の光も消えてしまいました……

ミの目の前には川が流れていました。

そして午後の秋の光が強く射していました。

ミはまだ学校から帰る途中でした。
空には　ちぎれ雲が南の方へ動いていました。
ミのセーターの上にわた毛のようなものがくっつきました。ミがそれを取ろうとすると
それはまた風に飛ばされて行ってしまいました。

近道のソナチネ

学校へ行こうとして、ぼくはどうしてその曲り角を曲ったんだろう。

そんなところに、曲り角などあるはずがなかったのに、遅刻しそうでついつい近道をしようと曲ってみたら、ちゃんと小路があったのです。


「……あんた　くつみがいてやろう」

その小路には、ござをしいた九人のくつみがきのおばさんが並んでいるのです。

「いや　ぼく　ほら　ズックぐつなんだ」

「じゃ　ハサミ　といでやろう」

二番目のおばさんが言いました。

「ハサミなんか持っていないよ」

「じゃ　影　といでやろう」

三番目のおばさんが言いました。

「ふうん　どうするの?」

すると、四番目のくつみがきのおばさんは、ぼくの影を丸いと石でごしごしこすりました。

やがてぼくの影は赤いさびを落とし、すっかり紫色になりました。

「もっと　みがこうかね?」

五番目のおばさんが言いました。

「もっとみがくとどうなるんだい?」

「もっと青くなるよ」

六番目のおばさんが言いました。

「じゃ　もっととといでおくれよ」

七番目のくつみがきのおばさんは、今度は海綿のようなと石で、ざあざあみがくと、ぼくの紫色の影は、ぼうぼうと青い炎を出して燃えました。

「もっと　みがこうか」

八番目のおばさんが言いました。

「いや　もういいよ　おばさん　それよりぼく遅刻してしまうよ」

「おや　そうかい」

九番目のおばさんが言いました。

「じゃ　ありがとう」

「さいなら」

九人のおばさんみんなが言いました。

ぼくはもう一度、さっきの曲り角を曲りました。

すると、どうしたことかぼくはまた、別の角を曲ったらしく、あるはずもない小路がそこに続いているのでした。


「……おや　あんた　いい影持っていますね」

うしろで、糸を引くようなねこなで声がします。

ふり向くと緑の目をしたペルシャ猫でした。

「ちゃんと青く燃えているじゃありませんか」

「うん　そうだよ。といでもらったんだ。君はほんとうにねこかい?」

「……さあ　何だと思います?」

「……ねこ」

「ほうら　やはり　私　ねこです」

「そうかな……」

「あんた　その影　ほんとによいですねえ」

ねこは、うっとりとぼくの青い影をみつめました。

「……ねえ　あんたの影と私の影　とりかえっこしませんか？」

「君の影持ったら何かいいことある？」

「ええ　何もありません」

「ふうん　じゃとりかえてもいいよ」

「ありがと」

そこで、ねことぼくは、影をとりかえっこしました。

ねこは嬉しそうに、ぼくの影をひきずって角を曲りました。

ぼくもねこの影をひきずってさっきの角を曲りました。

すると、どうしたことか、そこはまた別の見知らぬ小路なのです。

「……あら　こんなとこにいたんですね」

むこうからやって来たのは、金のくさりのついた首輪を持った、お金持ちらしい女の人でした。

「さ　家に帰りましょ」

「？　どうしてですか？」

「何を言っているのでしょう　あなたは私の家のねこですもの」

「ちがいますよ　何を言っているんです」

「それはね　ちゃあんとあなたの影は私の家のねこのでしょう」

「ふうん　これ　さっきとりかえたんです」

「どなたと？」

「あなたのねこと」

「ほうら　ですからあなたはもう私の家のねこですね。私といっしょに家に帰らなくては」

「ふうん……」

そこでぼくはその人について行きました。

すると、その人の影も、ねこの影でした。

「なあんだ　あなたもねこですか？」

「ちがいますよ」

その人はふり返らずに言いました。

「だって　あなたの影もねこじゃありませんか」

「私はねことちがいます」

そう言って、その人はふり返りました。

すると確かにその人は、ねこではなく、みみずくでした。

「ふうん　ほんとうにねこではないんですね」

そう言うと、そのみみずくはぱたぱたと逃げて行ってしまいました。

そこでぼくも、遅刻しそうなのを思い出し、またひき返してさっきの角を曲りました。

するとぼくは、戻るどころか、さらに別の知らない小路へと入り込みました。

「……うふふふ　あんたのかわりに学校へ行って来ましたよ」

そこにいるのは、さっきの緑目のペルシャ猫です。

「じゃもう学校終わってしまったの?」

「そうですよ。ほうら　もうあんなに陽が西へ傾いていますよ」

ねこは指さしました。

ぼくはふり向きましたが、それは朝日なのか夕日なのかよくわかりませんでした。

「君　ねこなのに　学校へ行ってちゃんとだいじょうぶだったの？」

「もちろんですよ。私はもうねこじゃありませんから」

「どうして？」

「ほうら　私の影をごらんなさい。これはいったい誰のです？」

「ぼくのだよ」

「だから　私　もうねこじゃありません」

「いやだなあ　ぼくはねことまちがえられてしまったんだよ。ぼくの影返してほしいな」

「では　この影返したら何かいいことある？」

「ないよ」

「じゃ　やめよう」

そう言って、ねこはぼくの影をひきずって、行ってしまいました。

ぼくはねこを追いかけて、また角を曲りました。

するとそこには、初めに会った九人のくつみがきのおばさんたちがいるのでした。

「……あんた　くつみがいてやろう」

一番目のおばさんが言いました。

「いや　ぼく　ほら　ズックぐつなんだ」

「じゃ　ハサミ　といでやろう」

二番目のおばさんが言いました。

「ハサミなんか持っていないよ」

「じゃ　影　といでやろう」

三番目のおばさんが言いました。

「うん　でも　これはねこの影なんだ」

「ねこの影でもとげるよ」

四番目のおばさんが言いました。

「じゃ　といでおくれよ」

すると、五番目のくつみがきのおばさんは、ゆりの花びらでごしごしとねこの影をとぎました。

やがて、ねこの影は青いさびを落とし、すっかり緑色になりました。

「もっと　みがこうかね?」

六番目のおばさんが言いました。

「もっとみがくとどうなるの？」

「電気が起こって火花を散らすよ」

七番目のおばさんが言いました。

「ふうん　じゃ　もっとみがいておくれよ」

すると、八番目のおばさんは、ねこの影を今度はゆりの根でみがき始めました。

やがて影は、火花を散らし、電気が起こったようでした。

「もっと　みがこうかね？」

九番目のおばさんが言いました。

「うん　もっとみがいておくれよ」

「でも　あんた　学校におくれないのかい？」

八番目のおばさんが言いました。

「あんた　こんなところで油売っていいのかい？」

七番目のおばさんが言いました。

「あんた　先生にしかられないのかい？」

六番目のおばさんが言いました。

「あんた　なしてこんなところにいるんだい？」

五番目のおばさんが言いました。

ぼくは答えました。

「うん　学校はもう終わってしまったんだ」

「おやそうかい　でもまだ陽はあんなに東だよ」

四番目のおばさんが言うと、三番目のおばさんが指さしました。

ぼくはふり向いてみましたが、それは朝日か夕日かよくわかりませんでした。

「さっきねこが、もう学校は終わったと言ってたよ」

「あんた　ねこにだまされたんだねえ」

二番目のおばさんが気の毒そうに言いました。

「ふうん　じゃ　ぼく急いで学校へ行こう」

「そうしなよ」

一番目のおばさんがうなずきました。

「じゃありがとう」

「さいなら」

九人のおばさんはみんなで言いました。

ぼくは今度は戻れると思って、さっきの曲り角を曲りました。

すると、どうしたことか、ぼくはまた別の角を曲ったらしく、あるはずもない小路に立っていました。


「……おや　あんた　いい影持っていますね」

うしろで、糸をひくようなねこなで声がします。

ふり向くと、さっきの緑目のペルシャ猫でした。

「……ちゃんと緑色に放電しているじゃありませんか」

「うん　そうだよ。といでもらったんだ。君はほんとうにねこかい？」

「……さあ　何だと思います？」

「……みみずく」

するとねこは驚いてあとじさりしました。

「……どうしてわかりました？」

「さあ　どうしてだろう」

ねこはさらにあとじさりしました。

「……あんた　その影ほんとによいですねえ」

ねこはうっとりと、緑色の目で、緑色に放電する影をみつめました。

「……ねえ　あんたの影と私の影　とりかえっこしませんか?」

「君の影持ったら何かいいことある?」

「ええ　何もありません」

「ふうん　じゃ　とりかえてもいいよ」

「ありがと」

そこで、ねことぼくは影をとりかえっこしました。

ねこは、うれしそうにねこの影をひきずって角を曲りました。

ぼくも、ぼくの影をひきずって角を曲りました。


すると、ぼくは、いつの間にかちゃんと、教室の入口に立っているのでした。

そうして、遅刻するどころか、まだ教室にはだれも来ていません。

それどころか、教室の時計は、ぼくが家を出た時刻より三十分も前をさしているのです。

それで僕は思いました。

(さっき通ったあの小路は、ほんとうに近道だったんだ)

Le lion d'or　ル・リヨン・ドール　ラ

黒板の文字を写すのに飽《あ》きて窓の外を見ると　いつもみなれている校庭の栗の木の上に
黄金のライオンがふっと眼を覚ましラをみつめました。

あら　あんなところにライオンがいるなんて　いままで気付かなかった……

とラは思いました。

……きっと木の上で眠りつづけていたからなんだわ……

ライオンはふわりふわりと栗の木を降りました。

そのとき　葉っぱだけがかすかに揺れ動いただけで　枝はちっともしなりませんでした。

そのライオンがいなければ　ただ風が通りすぎたようなものでした。

他の生徒はだあれもあれに気付かないのかしら。

そう思ったけれど　ラはそのライオンから眼を離したくありませんでした。

あんなにふうわりしているなら瞬きした間にもう通りへ出ているかもしれない。

だからラは瞬きもしませんでした。

黄金のライオンはやはりふうわりふうわりと歩きながら花壇の上に乗っかりました。でもひとつの花びらさえ揺れませんでした。

あの黄金色は　ほんとうの金ではないのだわ　エナメルかしら……

ライオンはずっとラをみつめていたのですが　別の方向を見上げて　うしろ足を伸ばしました。

その勢いで　ライオンは空中に浮かびました。

でも　はずみが小さかったせいか　黄金のライオンは空中で止まってしまいました。

ライオンはあわてて足をもがきました。

でも上へも下へも行けません。

ラは　おかしくなって　くっくっくっ　と笑いました。

黄金のライオンは笑われたのがわかったらしく　またラをみつめました。

その顔には　もとの野獣らしい威厳が戻っていました。

けれども困惑しているみたいでもありました。

そしてまた　すべてに無関心のようでもありました。

ラには　ライオンの表情なんか良くわかりませんでした。

いつまでたっても黄金のライオンは空中に止まったままでした。

どうする気かしら
風を待っているのかしら
だんだんライオンは眠たそうな眼になって来ました。

するとラもだんだん眠気が移ってきました。そして〝ああ　とうとう私も眠ってしまった〟とラは思いました。

ラは自分がとっても気持ち良く眠っているのがわかりました。

すうすうすうすう　自分の呼吸の音が聞こえました。

ちょっと眼を開けてみようかな　と思ったら　眠ったまま眼が開けられました。

すると校舎の窓が見えました。

その中に　こっちを見上げて椅子にすわっている自分の姿が見えました。

ああ　私は黄金のライオンになって　浮かんでいるんだわ……

そして昇るのも降りるのもできないんだ……

すると風の吹く音が耳もとで　ぼあぼあ　いいました。

長いたてがみが風にひっぱられました。

どこかへ飛ばされて行くのかしら　と思ったら　ラは　自分が目覚めてゆくのがわかりました。

ふうん　とためいきをついて　ラは目覚めました。

眼を開けると窓の外にはもう黄金のライオンはいませんでした。

ファおじさんは　そのドアを開けて部屋の中に　だれもいない　のを確かめてから　ミとレを　その中へ入れました。

「もうすこしでおわるから　ここでちょっと　待ってておくれ。だれか入って来てもお話なんかしちゃいけないよ」

ミとレがこっくりとうなずくと　ファおじさんは　ドアを閉めて階段をおりてゆきました。

「大きなお部屋ね。でもお話ができないなんて　おかしいわ」

「きっとここには　よっぽどお話のきらいなひとがたくさんいるんだ」

「じゃ　ファおじさんは　ここで働いている間はだれとも話せないの？」

「そんな話　きいたことないなあ」

そう言ってレはどっしりと重そうな机をコンコンとたたきました。

そんな机がこの部屋には　いくつもありました。壁は全部本棚でした。本のないところは窓だけでした。天井のところまで本がぎっしりつまっているので　高いところの本をとるためのはしごまでありました。

レはそのはしごをのぼってみました。

「なにかおもしろい本ある?」

「……これは?」

そう言ってレは一冊の本を抜きとりました」

「それ　おもしろそう?」

「いや、ただ　高いところにあったから」

ミもそのはしごをのぼって本をとり出しました」

「それ　おもしろそう?」

「さあ、でもさし絵がたくさんあるわ」

それからミとレは　大人の椅子にこしをかけて本をひらきました。部屋のなかはしいいんとして　窓ガラスのかたかたいう音だけが　たまに聞こえるだけです。長い時間がたったような気がしました。ミもレもただもさし絵だけを読んで（?）ゆきました。

また長い時間がたったような気がしました。ミはねむくなってあくびをしました。レはもうとっくに本の上で眠っていました。また長い時間がたったような気がしました。そのとき　ふとミは　部屋の中に　レの他にだれかいるような気がして顔を上げました。でもだれもいません。レはあいかわらず眠っています。ミはまた本を読もうとしました。すると　やはりだれかいるようなのです。ミはもういちど　顔を上げてみました。だれもいません。

へんだなあ　と思って　ミは思わず　クックッ　と笑いました。

だって　へんだなあと思っている自分のほうが　よっぽどへんなのですから。

ところが　ミの笑いが止まっても、まだ　クックッ　と笑っている声がします。

レがふざけているのかしら　と思って　しげしげとレの顔をのぞきこんでみました。が

やっぱりレはよく眠っています。

まだ声は　おかしそうに　クックッ　と笑っています。

ミはうしろをふり向きました。

そこにしか　もう　いるはずがないのですから。

でも　いません。

ミはこわくなって　レを起こそうと　ゆりうごかしました。

けれども　レは　ぐっすり眠っていて　ちっとも眼を覚ましません。

「こわがらないでよ」

笑い声が言いました。

「こっちだよ」

〝こっち〟と言われたので　ミはその方向へ顔を向けました。

みると　声は　はしごのてっぺんから来たのでした。

はしごのてっぺんには象がいました。

しかもちゃんとこしをかけて　ほおづえをついていました。

ミはこんな姿勢をする象なんてきっと象じゃないんだ　と思いました。

でも　はしごの上にいるのはやっぱり象なのでした。

そして象は笑っていました。

しかも眼からは涙をながしていました。

「そんなに何がおかしいの？」

ミは　ちょっとふきげんになって言いました。

「ごめんね、悲しいんだけど、笑ってしまうんだ」

「あら、そうしたら　ほんとうは泣いているの？」

「そう、泣いているの」

「何が悲しいの？」

「笑っているのが悲しいんだ」

「だったら　どうして　笑っているの？」

「だってボク〝笑う象〟だからさ」

「だれがそんなこと決めたの？」

「ボクを描いたひとさ。ボクは本のさし絵なんだ。でも　もうずっと前から笑いたくないんだよ……どうしたらいい？」

「うーん……」

ミは長い間考えてから答えました。

「……わからない……ごめんね」

すると象は　笑い止めて　はしごの上で眠りはじめました。

ミは　どうしてあんなにすぐ眠れるんだろうと感心しました。

そして　また本を読みはじめました。

でもうしろの象が気になって読めません。

やっぱりさっきのは夢で　きっと象なんかいないにちがいない。わたしがふり向いたらきっと象はいなくなってるんだわ　とミは思いました。

そこでわざと急にふり向いてみました。

すると象はやっぱり　いるのでした。

へんだなあ　図書館に象がいるなんて、なんだかおちつかないなあ　と思いながらもミはもういちど本を読もうとしました。

長い時間がたちました。

ミはあれから一度も　ふり向いてみませんでしたが、本も一行も読めませんでした。

やっぱりうしろをふり向いたら　いるのかしら、それとも　いないのかしら　と考えてばかりいたのでした。

そして〝こんどこそいなくなっているにちがいない〟と思ったら　またすぐに〝いるのかもしれない〟と思うのでした。

ミはレを起こしてみることにしました。そうすればとにかく何かわかると思ったので。

ところがレはやっぱりさっきみたいにぐっすり眠っていて　ちっとも眼を覚まさないのでした。

どうしてこんなによく眠れるんだろう　とミは思いました。

ミはしかたなく　思いきってうしろをふりむきました。

そして　はしごの上をみて〝ああ　やっぱり〟と思いました。
すると　ミは　なんだかすっかり安心してしまい、本の上に顔をのっけて　うとうとしはじめました。

……？……ん？……
そしてだんだんミは　自分が起こされているんだ　ということがわかってきました。
うっすら眼を開けると　レの顔がみえました。
「やっと起きた。よく眠ってたね、ミ」
そうかもしれない、やっぱり夢だったんだ、とミは思いました。
でも　レだってよく眠っていたよ
そう言おうとしたら　またレが言いました。
「象がいたんだよ。さっきまでね。いっしょうけんめい　知らせようとしたのに」

忘れ物　レ&ミ

雪は　あとからあとから　窓を横切って行きました。
ときどき強い風のために　うずを巻いて　窓ガラスにぶつかるのもありました。
そのたびにレは　窓の外をつい見てしまうので　もう少し落ち着いて勉強しなさいと先生に叱られました。
雪はますますたくさん降ってきました。
すると今度は　先生の方が心配そうに外を眺めて　帰れなくなるといけないから　みんな早く帰りなさい　と授業を打ち切られました。
みんな　なんとなく　わくわくしたような気持ちで外へ出ました。
先生は　家の遠い生徒を集めて　いっしょについて行かれました。
レは家が近いので　残念な気がしました。

空からかすかに飛行機の飛ぶ音が聞こえてきました。

雲を調べているんだ　と誰かが言いました。

フードをかぶって　ポケットに手を入れると　レは手袋が片方ないのに気づきました。

もういちど教室に行ってみると　ドアのところに手袋は落ちていました。

もうどの教室にも誰もいません。

手袋をはめ　フードをして　外へ出た時には　ほんとうに吹雪のようになってきました。

するとむこうから　学校へ急いで向かって来る子がいました。

あの子も忘れ物をしたのかな　と思ったら　やって来たのはミでした。

「どうしたの　ミ?」

「手袋を片方忘れちゃったの」

「ふうん　僕もさっき忘れたところだったたんだ」

そこでレも手伝って　ふたりで教室をさがしました。

でも　ミの手袋はみつかりませんでした。

「それじゃ　僕のを貸してあげるよ」

そう言ってレがさっきみつけた手袋をぬいだとき　ふたりとも心臓がどきんとしました。

だって　レのその手は　いつのまにか　動物の手になっていたからです。

しばらくふたりとも何も言えませんでした。

それから　レがようやく口を開きました。

でも言えたのは　ため息だけでした。

またしばらくふたりとも　何も言えませんでした。

それから　ミがようやく口を開きました。

「……いったい何の動物かしら……」

そう言ってミは　レの手を取ってしげしげとみつめました。

「キツネかしら　タヌキかしら……あ、ごめんねレ。おもしろがっている訳じゃないのよ」

「うん　わかってるよ。でもこの手は不便だよ」

すると　そのとき　廊下をぱたんぱたん走って来る子がいました。

レはあわててその手をポケットにつっ込みました。

また誰か　忘れ物を取りに来たのかな　とふたりとも思いました。

その子はふたりを見つけると
「ねえ　空色の手袋知らない？」

と尋きました。

そしてふたりが何も言わないうちに
「あ　みつけてくれたの」

と言って　レがなんでもない方の手に持っていた　いまぬいだばかりの手袋をぱっとつかみました。

そしてすぐ　その子は別の空色の手袋を取り出し　それをレに渡しました。

「あんまり似てるんでまちがえちゃったんだ。ごめんよね」

そう言うと　その子はまた廊下を　ぱたんぱたん　行ってしまいました。

レとミはあっけにとられてその子のうしろ姿をみつめていましたが　やがて見えなくなると　ふたりとも同じことを思いました。

「あのね　ミ」

「うん」

「あの子　いままでみたことないね」

「わたしもそう思ったの」

レは自分の動物の手に今返してもらったばかりの手袋をはめました。

そして重大なことに気づきました。

「ミ　これ右手だから　どうやって鉛筆持ったらいいと思う?」

「……そう　けがしたことにして包帯をまいて　三角巾でつるしておくのよ」

「うん　そうだね」

「そしていつかはみんな　その風変わりな手を見慣れてしまうわ」

そのときレはミの手袋がまだみつかっていないのを思い出しました」

「それなら　この手袋はいらないんだ。包帯でかくすことにしたんだからね。だからこれ　貸してあげるよ　ミ」

「うん　ありがと　でも冷たくない？」

「動物の手って　ちっとも冷たくないんだ」

そう言いながら手袋をぬいでみると　レの右手はまたもとの人間の手に戻っていました。

「ほら　ミ……」

「うん……」

ミもにっこり笑いました。

「そのかわり　その手　また冷たくなってしまうね」

「でも　人間の手がいちばんいい」

そう言ってレは大切なものをしまうように手をポケットに入れました。

門を出ると　ミは山の方へ　レは街の方へ別れました。

途中　ミは　学校から山の中へずっとつながってゆく　小さな動物の足跡をみつけました。

midnight　レ

ボールをける音、子供たちの歓声、またボールをける音、笑い声、……

レは眠たい眼を開けました。

部屋の中はまっくらです。

夜光時計の針はもう12時を過ぎていました。

真夜中なのに　いったいだれが遊んでいるんだろう……

子供たちの声はすぐそばの通りからきこえてきます。

レは起き上がって　カーテンを開けてみました。

すると　あまりのまぶしさに思わずレは眼を閉じました。

やがて　少しずつ　眼が光に慣れてくると　外がどうなっているのかわかってきました。

外はすっかり昼になっているのでした。

そしてあたりは子供たちでいっぱいになっていて、まるで街中の子供たちがいっせいに集まった公園のようでした。

通りには自動車なんか一台も通っていません。

でも今は　まだ……と思って　レはもう一度時計をみようとしました。そしてそのとき部屋の中があいかわらず　まっくらなのに気付きました。カーテンをこんなに開けているのに　光がちっとも部屋の中に入ってこないのです。

それどころか　カーテンすら少しも光を受けていないのです。

外の風景はまるで映画館でスクリーンをみているようです。

そんなスクリーンのような風景の中にいる子供たちを　よくよくみると、みんな、なわとびをしている子も、自転車に乗っている子も、寝間着のままなのでした。

そして　それをみてレは自分もいっしょに遊んだっていいんだということにやっと気付きました。

ふと　レは　自転車に乗って向こうへ走ってゆくミの姿をみつけました。

おーい！

レは窓を開けて叫びました。

すると　とつぜん　外がまっくらになりました。

ボールをける音、歓声、唄声、笑い声、そんないろいろな声がいっぺんに消えてしまいました。

レは夜の冷たい風を顔に受けながら闇をすかして眼をこらしました。

でも　やはり外には誰もいません。

今は　もう　梢を渡る風の音と部屋の時計のかすかな音しか聞こえてきません。

雲

レ

今朝　レが起きてみると窓がすっかり開けてあって　そこに外を向いてひとりの少年がこしかけていました。

少年は赤いチョッキに灰色のハンチングをかぶっていて　それをみただけで　レは　その子がいつもいちばん仲の良い友達だということがわかりましたが〝誰〟なのか　はっきり思い出せませんでした。

どうしてここにいるんだろうと思って　起き上がってみると　少年はじっと何かを待っている様子でした。

何をしているの？　と尋いてみると　釣ってるんだよ　とその友達は答えました。

レがねまきのままそばに行くと　友達は手に釣り糸を持って　その二階の窓から庭へ垂らしているのでした。

「何が釣れるの？」

そう言って　レは下をのぞきました。

すると庭は　真っ暗で何も見えませんでした。でも空を見ると　空はもうすっかり明るい朝の色をしていました。

庭だけでなく　すぐそばの道も　あたりの家も真っ暗でした。

「どうしてあんなに暗いんだろう……」

「まだ　地上は夜が明けていないからさ」

レはその少年の顔をそっとみつめましたが　やはり誰なのか　思い出せませんでした。

遠くに街のイリュミネーションが少し見えました。

「何が釣れる？」

「うん……小さな生き物ばかりだ」

そう言って　友達は釣り上げたその動物をレにみせました。

それはみんな翼をもった魚でした。

レがそれを　手にとってみようとしたら　その生き物は　吠えたり　かみついたりしてあっという間にぴんぴんはねて　下の暗い庭へ落ちてしまいました。

「ごめん　みんなにがしちゃったよ」

「いいさ　えさがわるいんだ」

そう言って少年は　もう死にかけていた残りの魚も　みんな下へすててしまいました。

魚は小さな紙きれのように　庭の中へふらふらと落ちてゆきました。

すると　急に耳の中がしいんとしずかになりました。

少年は釣り糸をくるくる巻きはじめました。

「僕ね　きのう　起きてみると　いつのまにか耳の中に雲が入ったらしいんだ」

少年はそう言って　自分の左の耳たぶをひっぱりました。

「……その雲はふだんはしずかなんだけれどね　たまになにかつぶやくんだよ……」

「ふうん？」

「銅板をたたくような低いすずしい音さ……」

友達はからっぽになったバケツにまるめた釣り糸をほうり込みました。

「これからどこか行くかい？　レ」

「うん……どこがいいかな……」

レがぼんやり暗い庭をのぞいていると　うしろで少年が何か言いました。

「…………」

ふりむくと少年は　もう青銅色の雲になっていました。

そして庭の上を飛んで　かなたの地平線の上に来ると　立ち止まりました。
それから　たくさんの金属のかち合う音がして　雲の少年は　空と見分けがつかなくなりました。
もうあたりはすっかり朝になっていました。

Laughing Dolphin　レ&ミ

湖の桟橋につながれた小舟の上にねころぶと　それはまるで　大きなゆりかごのようでした。眼をつぶると　眼の中いっぱいにバラ色の雲がみえました。

と、とつぜんぱたっと顔の上に何か軽いものがのっかりました。レは手さぐりで　それが自分の帽子だとわかりました。もち上げてみると　桟橋のへりにミがこしかけていました。

「今　僕　眠っているんだよ」

「ふうん」

「これは寝言だよ」

それからしばらくミが何も言わないので　レは　どうしたのかなと思って　帽子を持ち上げてみると　ミがくすくす笑って言いました。

「もう起きたの？」

「ううん、まだ眠っているよ」

「わたしも眠っているの」

「でも　ミは眼を開けているよ」

「どうして眼を開けてることがわかった？」

「だってちゃんとみえるもの」

「眠っててもみえるの？」

「うん、ぼく夢をみてるのさ。ミもボートにのりなよ」

「うん」

「……じゃこんどはほんとうに眠るよ」

そう言ってレは横になって帽子を顔にのせました。

「わたしも」

そう言ってミも横になって帽子を顔にのせました。

「ミ、もう眠った？」

「まだ」

「……眠った？」

「まだ、そんなに早く眠れないわ。レは？」

「もうすぐ」

「……眠った？」

「うん」

「でもちゃんと答えてるわ」

「ふうん、眠ったつもりだったのに……」

ミはあきらめて、起き上がりました。

すると舟がつながれていた栈橋がみえません。

おやっと思って身体をまわしてみると　ただ水平線しかみえません。

いつのまにかロープがほどけてしまったんだわ。でも湖　こんなに広かったかしら……

そう思っていると　すぐ近くで水音がして　水面から何か飛び出しました。

それは空中でくるりと半回転して　また水の中へ落ちてしまいました。

いまのは……イルカだわ。

ミはレを呼びました。

でも返事がありません。

レの帽子をとってみると　レはぐっすり眠っているのでした。

今度は　舟底をコツコツたたく音がします。

のぞいてみると　イルカが顔を出しました。

そしてイルカはミの帽子をじっとみつめました。

「ねえ、その帽子おくれよ」

そうイルカが言いました。

「え？　だめよ、これ　大切なんだから」

するとイルカは笑って言いました。

「じゃ　その帽子　ちょっと上に投げてみてよ」

「だめよ、そしたら飛んできて取ってゆくんでしょう」

「じゃ　その帽子そこに置いて　ちょっとわき見しててよ」

するとイルカはまた笑って言いました。

「だめよ、そしたら　その間に取ってゆくんでしょう」

するとイルカはまた笑って言いました。

「じゃ　その帽子ちょっと風に飛ばしてみない？」

「だって風なんかないのに……」

「ボクが風を起こすから」

「起こせるの？」

ミがそう言い終わらないうちに　イルカは水にもぐってしまいました。

そしてミが　しまった　と思ったとたんにものすごい風が吹きつけて来ました。

でもミはとっさに帽子をしっかりと抱きしめたので帽子は吹き飛ばされずにすみました。

そのかわり舟がてんぷくしてしまいました。

ところが　ミもレもちゃんと舟に乗ったままなのです。

おかしいなあ、ひっくりかえったはずなのに……そう思ったら　またイルカの笑う声がこんどは上からきこえてきました。

イルカが空をおよいでいるのでした。

「どうして空なんか　およげるの？」

「ここは　空じゃないよ。海さ。きみの方こそ　空に浮かんでいるんだ」

そう言われて　ミが下をのぞきこんでみると　海（？）の中に雲や太陽がちゃんとありました。

「さあ　その帽子　もらってゆくよ」

「だめよ」

「じゃ　このまま　さよなら　しようか」

「だめよ、この舟をもとに戻してよ」

「じゃ　その帽子おくれ」

「…………」

ミはしかたなくうなずいて言いました。

「でもまず　この舟をもと通りにしてからよ！」

「うん、うたぐりぶかいね」

そう言ってイルカは笑いました。

とたんにまたものすごい風が吹いて来ました。

そして舟はもういちど　てんぷくして　もとどおりになりました。空のあるべきところにはちゃんと雲があります。

でもミがしっかり抱きしめていた帽子は　もうなくなっていました。

あーあ　とミは思いました。

レはまだ眠っています。

そしてあんなに強い風が吹いたというのに　レの顔にのっかった帽子は少しも動いていないのでした。

不公平な風　とミは思わずつぶやきました。

するとまたイルカが遠くで笑っているのが聞こえてきました。

イルカはミの帽子を頭にのせて飛んだりもぐったりしています。

これで帽子はびしょぬれだわ。

そう思ってみていると　とつぜん　イルカが全速力でこちらに向かってきました。

ミはあわててオールをつかんで　舟を動かそうとしました。

でもそのときもうイルカは舟のすぐそばまで来ていました。

ミは思わず身体をかがめました。

するとイルカは宙を飛んで舟をとびこえました。

あとは水のしぶきと大きな震動、そして　だいじょうぶ？　だいじょうぶ？　と言うたくさんの人々の声。

なんだろうと思って顔を上げてみると、あたりはまたもとどおり　さっきの桟橋の所で、ミとレの乗った舟は桟橋に近づいてきた別の舟とぶつかってしまったのでした。

レも眠そうな眼を開いて　やっと何が起こったかわかったようです。

みんなだれもけがをしなかったので　安心しました。

ただ　ミの帽子がなくなっただけでした。

でもそれもみんなでさがして　びしょぬれになって遠くに浮かんでいるのがみつかりま

した。

「乾いたら　この帽子ちぢんでしまうんじゃないかしら……」

「それなら　かぶったまま乾かしたら?」

「でも　すっかりびしょぬれよ」

「いやなら僕がかぶっててあげようか」

そう言ってレはミの帽子をかぶりました。

するとさっき自分がイルカになった夢を思い出しました。

海辺で　レ&ラ

鳥の影がいくつも　いくつも　草原から砂の上へと横切ってゆきました。

「あの水平線の向こうには何があるの?」

レはひとり言のように尋ねきました。

「やっぱり海と水平線かな……」

ラもひとり言のように答えました。

レはなんとなく思ったのでした……

もしここから小さな舟でゆっくりとこいでいっても、じきに舟はあの水平線にたどりつき、切り立った空に　ごん　とぶつかってしまうんだ。

でもひき返そうとしたら、いつのまにか、この砂浜は見えなくなっていて、いつまでこいでも　どこにもたどりつけない……

「あの鳥たちはどこへ行くの?」

レはまたひとり言のように言いました。

「あの水平線をこえてゆくのよ」

「それをこえたら?」

「また　次の水平線をこえてゆくのよ」

「その水平線の向こうには何があるの?」

「やっぱり水平線かな……」

ラは思ったのでした……

あの水平線のむこうからこちらへ向けて　やはりこうして誰かが　とどくことのない問いかけとまなざしを投げているんだわ。

そして　あの雲のうしろ側あたりに、そのまなざしがつきささったりもしている。

でも　そんなことにおかまいなく　雲はのそのそ動きまわって、ふと　私の上に　そのまなざしをうっかり落として行ったことだって　あったのかもしれない……

雪

ラ

急にあたりが明るくなったような気がして　ラは思わず空を見上げました。でも空はあいかわらず雲におおわれていて　ときどき　かすかな雪を降らせるだけでした。ひたいにひとつぶの雪が落ちて　とけました。

するとラは　すぐそばのリラの木が　ゆっくりと空に昇ってゆくのを見ました。

リラの並木は順番に一本一本空へ昇ってゆきました。

リラの木につながれていた犬も　いっしょに空へ昇ってゆきました。

犬をつないだ少年も　空へ昇ってゆきました。

その少年を連れていたお父さんも　空へ昇ってゆきました。

そのお父さんと挨拶をしていた人も　そのそばを通りすぎた人も　その通りを歩いている人はみな空へ昇ってゆきました。

ラもいつのまにか空にいました。

そしてやはり　歩きつづけていました。

学校かばんもちゃんと持って　家の方向へ歩いているのでした。

空には　学校帰りの子供たちや　乳母車をおした奥さんや　すっかり葉を落とした木々が上へ上へと昇って行きました。

そしてみんな　なんでもないことのように　ただ歩いていました。

その人もいつものように「こんにちは」と言ったり「また明日ね」と言ったりしているのでした。

やがてだんだん雲に近づいて　木や人がすっすっと　その中へ入ってゆきました。

ラも雲の中へすうっと入ってしまうと　もうただ　濃い霧の中のようで　何も見えなくなりました。

でもラはちゃんと歩いているのでした。

そしてだんだん明るくなってきて　ああもう雲の上かな　と思ったときには　ラはいつのまにか自分の家の前に立っていました。

空を見ると　雲の切れ間から光がひとすじ　降りていました。ヤコブの梯子です。

消えていった話　レ

その会話が聞こえてきたのは　レがベッドに入って灯りを消すと間もなくでした。

「へえ　それであなたは土星酒場まで行ってきたわけですね?」

「そう　ふうう　暑いね。もう秋だというのに」

「ちがいますよ、酔っているんですよ。それにしても、あなた、ずいぶんゴミだらけじゃないですか」

「そうでしょう、すこし払ってください」

「ずいぶん大きなゴミをつけてきましたね。落ちると　ころころ　音がしますよ。どこでこんなにくっつけてきたんです?」

「さあ、ちっともおぼえていなくて……」

レはそっと窓をのぞきました。

でも　誰もいなくて　ただラッパ水仙の白い花が闇の中にふわふわゆれているのがみえました。
「さあ　急いで　急いで。誰か見てますよ」
「え？　誰が？」
「あれは……多分　十三夜月でしょう。もう遅くなりましたよ」
「では　帰りますか」
「うん　うん　そうしましょう」
それきり　声は聞こえなくなりました。
レは音をたてないようにそっと窓を開けました。
耳をすましましたが　誰の声も足音も聞こえません。
ただ　そよ風にゆれる葉の音に混じって　何か変な音がします。
そうか　あれがさっき話していた　ころころいう音なんだ、とレは気付きました。
そしてさっそく外へ出てみました。
すると　つい　いましがた　ラッパ水仙の花だと思ったのは　いびつな球や四面体の形をしたものがたくさん土の上を風に吹かれて　ころころ音をたてているのでした。
レが手をのばすと　それは指がふれるか　ふれないかのうちに　シュウ　と青い蒸気に

変わって消えてしまいました。
レは何度も手をのばして　それを拾おうとしましたが　みんなそうやって蒸発してしまうので　とうとうもったいなくなって　ただ眺めているしかありませんでした。
ベッドへ帰ったときも　まだレはもったいなくて　しばらく窓の外をみつめていましたが　いつのまにか眠ってしまいました。

＊

翌朝になってみるとレは昨夜のことが　ほんとうのことに思えなくなりました。きっと夢にちがいない、と思いました。
ところが　顔を洗うとき　右のひとさし指が青く染まっているのに気付いたのです。
そのうえ　いくらこすっても　洗っても　おちないのです。
レはしかたなく右手だけポケットにつっこんで　学校へでかけました。
ところが　レが歩いてゆくと出会う子供たちみんなが右手だけポケットにつっ込んでいるのです。
クラスの子供たちもみな右手をポケットに入れて、どうしたんだ、というふうにお互いをさぐり合っています。

そして先生が入って来ると、先生までが右手をポケットにつっ込んでいるのです。
とうとう子供たちも先生も　みんな昨夜はきっと同じことをしたんだ、と思ったのでした。
それから　ひとりひとり　ポケットから手を出してみると、或る者は　だいだい色がかった赤、或る者はうすい黄緑色、というふうに　それぞれ色がちがうのでした。
今夜もまた何か落ちて来るんだろうか、とみんなが思いました。
先生は、こんどこそきっと取ってみせるぞ、と言いました。
でもみんなだってひそかにそう思ったのでした。
そして学校がひけると　みな落ちつかなく　それぞれの夜を待ちました。
ところが　その夜は雨が降って　みんなをがっかりさせたのでした。

＊

翌朝、レの指の青い色は　ほとんど消えかかっていました。

ところが学校へ行ってみると　みんなのひとさし指は昨日よりずっときれいな、あざやかな色になっているのです。

先生のひとさし指などは　ぴかぴかと黄金色に輝いていました。

レはみんなに気付かれないように　そっと右手をポケットにつっ込んでいました。

すると先生が　黄金色のひとさし指でレを指して言いました。

「レ、どうしてポケットに手をつっ込んでいるんだ。チョコレートでも入っているのか」

みんな　いっせいにレをみつめました。

レは　もじもじして首をよこにふりました。

「いいえ、ちがいます」というつもりが　喉のところでひっかかってしまったのです。

「レ、手を出しなさい」

重ねて先生が言いました。

レはしかたなく手を出しました。

するとその手の中に　いつのまにかチョコレートが握られていたので　先生よりもレのほうがびっくりしました。

「レ、そういうものを学校へ持って来てはいけないといつも言っているはずだぞ。他には何を持って来た？　ビスケットか？　あめ玉か？」

「いいえ」

とレは口の中でもぞもぞ言ってポケットに手を入れると　ビスケットもあめ玉もたくさん出てくるのでした。

「レ、まさかナイフやビー玉などを持って来てはいないだろうな」

するとぴかぴかのナイフや色とりどりのビー玉が出て来ました。

「レ、まさかヒキガエルとかヘビとか……」

すると大きな口のヒキガエルも極彩色のヘビも出て来ます。

「レ、廊下に立っていなさい！」

そう言われてレはかえってほっとしました。

汗をふこうとしてポケットに手を入れると　もう何も入っていませんでした。

＊

その夜　レがベッドに入って灯りを消すと、あの晩聞いたのと同じ声がまた話しているのでした。

「今日　ご出発ですか？」

「ええ、あなたは？」

「まだもうすこし居ようかと思っています」

「そうですか。では私はこれで失礼します」

「そうですか。ではお元気で……」

「お元気で……」

それっきり話がとだえたので　レは窓のカーテンをすこし開けてみました。

誰もいません。

きっとその人たちはもうどこかへ行ってしまったのだろうと思い、レはカーテンを閉めました。

やがてレがもういちどベッドに入って眠りについたころ、空から　ほうき星がひとつ消えてゆきました。

落葉

ミ

秋のおわり頃には　雨ばかり降るようになりました。
レの家の玄関には　いつもたくさん長ぐつが並びました。
けれどもミの家の玄関には　ミの赤い長ぐつが一足あるきりでした。
ミは日が暮れても　まだ　るす番をしているのでした。
小さな雨つぶの屋根を打つ音だけが　しんとした感じできこえてきます。
そろそろほんとうに暗くなりだしたので　ミはカーテンを閉めようと窓のところへ行きました。
すると外にだれか　かさもささずに立っているのにきづきました。
そっとみてみると　白ひげのおじいさんがせっせとミの家のまわりをほうきで掃いているのでした。

ミはおどろいて　窓を開けようとしました。
ところが外は雨なんかちっとも降っていないのでした。
ただ　そのおじいさんの使うほうきの音が　さらさら　聞こえました。
あの音をさっきから雨だと思い込んでいたのかしら　とミは思いました。
そのとき　おじいさんが　ほうきを下において　ぱんぱんと手を打ちました。
すると　あたりの木々から　はらはらはらはら　吹雪のように葉が落ちました。
木々は半分はだかになってしまいました。
地面はすっかりおち葉にかくされました。
まあ　せっかくそうじしたのに、とミは思いました。
そのとき　またおじいさんが　ぱんぱんと手を打ちました。
するとまたあたりの木々から　はらはらはらはら　吹雪のように葉が落ちました。
木々はまるはだかになってしまいました。
それでもまだおじいさんは　ぱんぱんと手を打ちました。
まだ落ちるものがあるのかしら、とミは思いました。
すると空から雲が降りてきて　あたりはすっかり霧におおわれてしまいました。

ポプラの木　ミ

紺色のキュロットを穿いて少年はポプラの木のまわりをくるくるくるくる走りまわっていました。

そして　おいでよ　おいでよ　とミに呼びかけました。

少年がそう言うたびに　ポプラの木はいっせいに銀色の葉の裏を返しました。

「おいでよ　ミ　学校かばんなんか放りなげて　僕といっしょにまわろうよ」

「でも　目がまわってしまう」

「だいじょうぶ　僕といっしょならだいじょうぶさ」

「でも　もうじき日が暮れてしまう」

「だいじょうぶ。ポプラが光をとっといてくれるから　だいじょうぶさ」

「……でもやっぱりやめておくわ」

ミがそう言うと　少年はポプラの木のうしろにかくれてしまいました。
ミが近づいていって　そっとのぞくと　ポプラのうしろにはだれもいませんでした。
そしてポプラの葉は　みんなしいんと動かなくなりました。
ミはそばに落ちてきた黄色いポプラの葉をひろいました。
その日のうちにポプラの木はすっかり葉を落としました。

コーダ

リンゴの皮をむいたら、
トマトが出てきた。
トマトの皮をむいたら、
ラクダが出てきた。
ラクダの皮をむいたら、
月が出てきた。
月の皮をむいたら、
卵が出てきた。
卵を割ったら、
からっぽだった。

＊

ぼくは丘の上で風景を釣っていました。日がおちてあたりがぼんやり赤銅色になった頃ようやく手ごたえがありました。えいっとつり糸をひっぱると風景はごっそり地面からはがれてきました。手づかみにしてぐいぐい引っぱると風景はやわらかいカーペットのように地面からするするすべりおちてぼくのポケットの中に入りました。

やがて地平線もはがれ　今度は空がはがれはじめました。それでもぼくのポケットはいっぱいにならないので　もっとぐいぐいひっぱると　とうとう空もみんなポケットにおさまりました。もう何にも入れるものがないので手を入れてみると　いつのまにかポケットは底がぬけていました。

風景はどこに落ちたのだろうと思って　あたりをみまわしましたが　あたりには何にもなくて　〝あたり〟さえもありませんでした。

いわた　みちお

1956年網走市に生まれる。

北海道大学理学部入学、卒業目前に中退。以後、創作に専念し絵画や詩、童話を制作する。童話は佐藤さとる氏に師事。同人誌『鬼が島通信』に投稿するかたわら、童話と散文集『雲の教室』と詩集『ミクロコスモス・ノアの動物たち』を出版。

拠点を旭川に移し、旭川の自然を中心に描く。1992年童話集『雲の教室』（国土社）で日本児童文芸家協会新人賞を受賞。

1996年旭川の嵐山をテーマにした詩画集『チノミシリ』出版。

2014年7月心臓発作のため、数多くの作品を残したまま急逝。

新刊に『イーム・ノームと森の仲間たち』、ふくふく絵本シリーズ3冊、『ファおじさん物語』春と夏、『同』秋と冬、『らあらあらあ』（未知谷）がある。


見返しの手書き楽譜、消しゴム版画も作者・岩田道夫による

音楽《おんがく》の町《まち》のレとミとラ

二〇二一年二月二十五日印刷
二〇二一年三月　十五　日発行

著者　岩田道夫
発行者　飯島徹
発行所　未知谷
東京都千代田区神田猿楽町二-五-九
〒一〇一-〇〇六四
Tel.03-5281-3751／Fax.03-5281-3752
［振替］00130-4-653627

組版　柏木薫
印刷　ディグ
製本　牧製本

Publisher Michitani Co. Ltd., Tokyo
ISBN978-4-89642-632-8　C0095

＜夜明けのすキャット＞

＜夏の夜のギタネコ＞